看故事學語文

看故事
學褒貶詞

禍從口出的阿祖王子

方淑莊　著

新雅文化事業有限公司
www.sunya.com.hk

看故事學語文

看故事學褒貶詞

禍從口出的阿祖王子

作　　者：方淑莊
插　　圖：靜宜
責任編輯：張斐然
美術設計：劉麗萍
出　　版：新雅文化事業有限公司
　　　　　香港英皇道 499 號北角工業大廈 18 樓
　　　　　電話：（852）2138 7998
　　　　　傳真：（852）2597 4003
　　　　　網址：http://www.sunya.com.hk
　　　　　電郵：marketing@sunya.com.hk
發　　行：香港聯合書刊物流有限公司
　　　　　香港荃灣德士古道 220-248 號荃灣工業中心 16 樓
　　　　　電話：（852）2150 2100
　　　　　傳真：（852）2407 3062
　　　　　電郵：info@suplogistics.com.hk
印　　刷：中華商務彩色印刷有限公司
　　　　　香港新界大埔汀麗路 36 號
版　　次：二〇二三年六月初版

ISBN: 978-962-08-8233-3
© 2023 Sun Ya Publications (HK) Ltd.
18/F, North Point Industrial Building, 499 King's Road, Hong Kong
Published in Hong Kong SAR, China
Printed in China

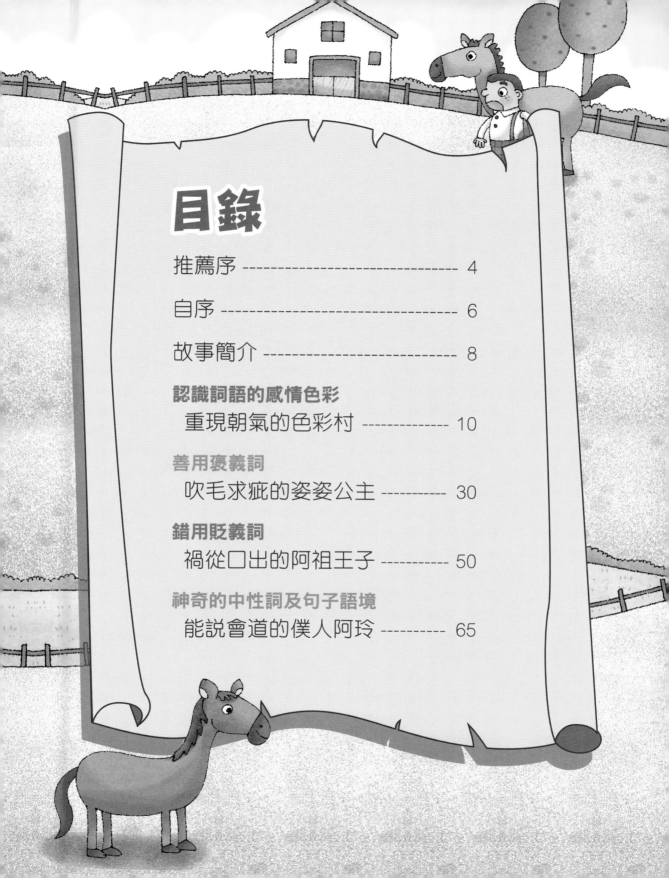

目錄

推薦序

很榮幸獲方淑莊老師邀請，為她大受歡迎的《看故事學語文》系列圖書撰寫序言。看有趣的故事不但讓小朋友在不知不覺間學懂知識，更讓小朋友自自然然地走進知識的大門。

一般小朋友對學習語文文法的動機不強，很多時都偏向死記硬背，是一件甚為沉悶的事，甚少能找到箇中樂趣。方老師卻把累積多年教授兒童的經驗，集結成書，深入淺出地帶出不同的語文知識，真的令人欣賞。

《看故事學褒貶詞》，故事情節引人入勝、當中角色性格分明、例子運用恰到好處，而且全部都環環緊扣，讓讀者在享受閱讀樂趣的同時，亦學懂語文運用基本功。另外，相關故事亦與社會及現實生活息息相關，讀者同時亦可以書中人物學懂待人接物，與人相處之道，實在一舉三得！

陳偉傑校長

優才（楊殷有娣）書院小學部

在開始介紹本書之前，很想先跟大家分享兩件趣事。

第一件事發生於學校裏。那天，有一個學生氣沖沖地向我投訴他的同組同學，說被他無禮對待，感到很生氣。可是「被告同學」一臉無辜，覺得被冤枉，兩人爭持不下。細問下，才知道「被告同學」在課堂的討論活動後，跟「原告同學」說了一句：「你真是詭計多端！」原來他本想稱讚對方靈活多變、足智多謀，卻錯用了詭計多端，引起了誤會。

第二件事發生於學校外。因疫情減退，社交距離措施逐步放寬，一個舊同學毅然籌備了一次大型的同學聚會，邀請了十多人聚餐。大家平日忙於工作，忙於家庭，已經多年沒有見面了。難得各人能夠從百忙之中抽空出席，共度了一個歡樂的晚上。飯後，大家閒話家常，說說過去，十分快樂。就在這時，有一個同學突然站起來，指着籌備聚餐的同學，高聲地說：「多得你這個始作俑者！」大家被他說的話當場嚇呆了，全場都不敢說話，十分尷尬。我還猜想：聚餐有何安排不周之處，得罪

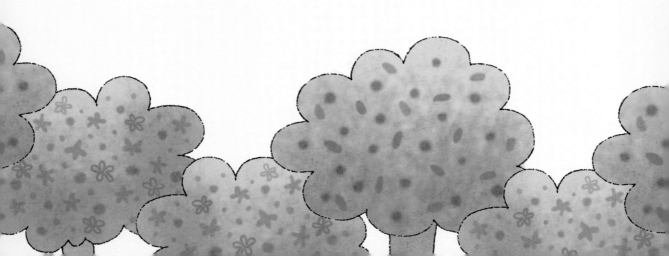

了那個同學？幸好，他高舉着手上的酒杯，繼續說：「沒有他，我們怎會有一個那麼愉快的晚上？大家要大力給他鼓掌啊！」這時，我們才知道，他只是想感謝籌備活動的人，感謝他身體力行、一馬當先，為我們籌備聚餐。

相信大家都曾經遇過「錯用詞語，說錯話」的事，不只是小孩子，連成人都有可能會因不了解詞語的感情色彩而引起尷尬和誤會。

我們都知道，一字一詞除了有客觀的意思，還可以表達個人主觀態度和對該事物的愛憎程度。一些詞語詞義相近，在感情色彩上卻是截然不同，使用不當就會釀成誤會，誤用了貶義詞，甚至會引起別人不快。所以我們在與人溝通和寫作時，一定要選用合適的詞語，恰當地表情達意。

方淑莊

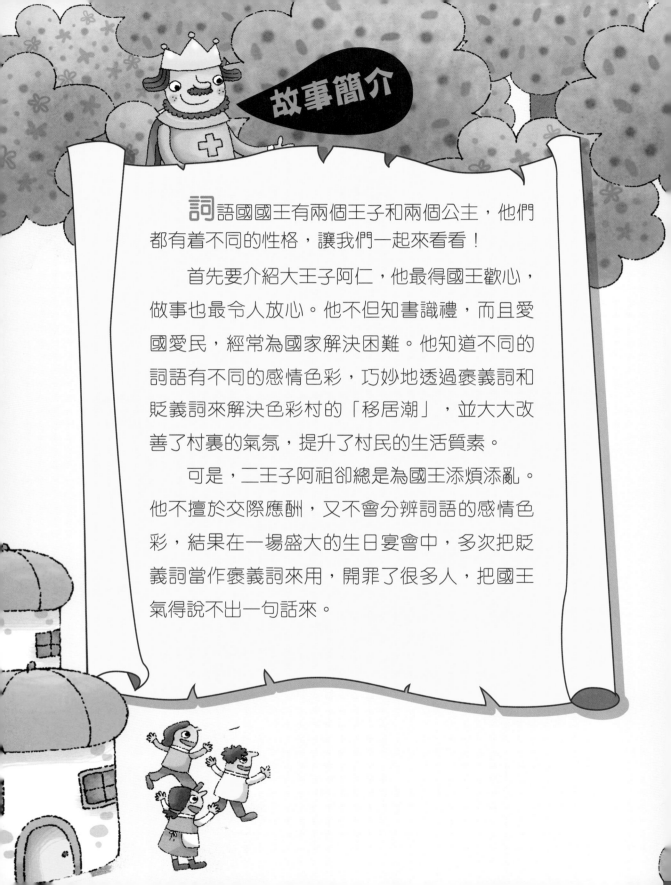

故事簡介

詞語國國王有兩個王子和兩個公主，他們都有着不同的性格，讓我們一起來看看！

首先要介紹大王子阿仁，他最得國王歡心，做事也最令人放心。他不但知書識禮，而且愛國愛民，經常為國家解決困難。他知道不同的詞語有不同的感情色彩，巧妙地透過褒義詞和貶義詞來解決色彩村的「移居潮」，並大大改善了村裏的氣氛，提升了村民的生活質素。

可是，二王子阿祖卻總是為國王添煩添亂。他不擅於交際應酬，又不會分辨詞語的感情色彩，結果在一場盛大的生日宴會中，多次把貶義詞當作褒義詞來用，開罪了很多人，把國王氣得說不出一句話來。

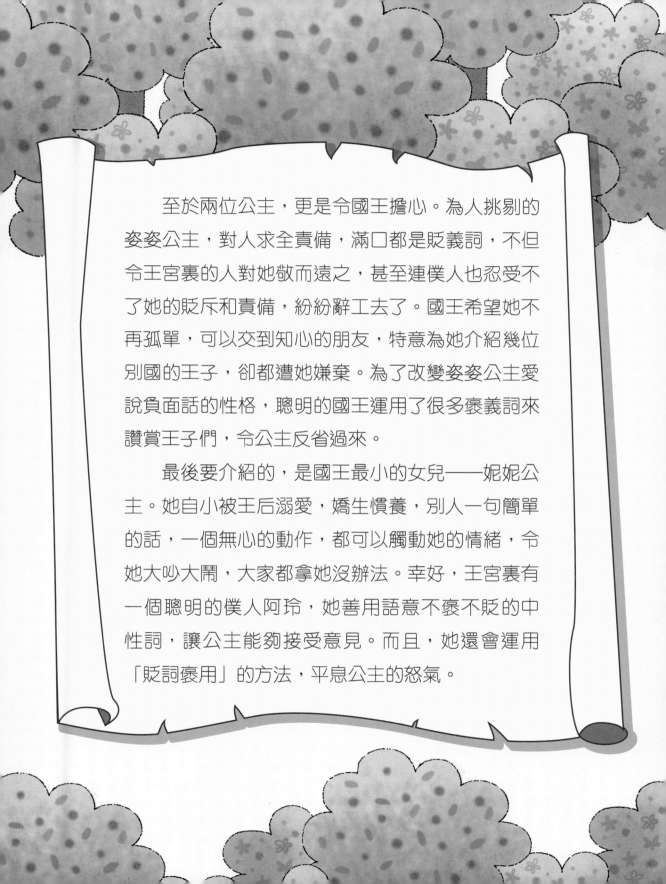

　　至於兩位公主，更是令國王擔心。為人挑剔的姿姿公主，對人求全責備，滿口都是貶義詞，不但令王宮裏的人對她敬而遠之，甚至連僕人也忍受不了她的貶斥和責備，紛紛辭工去了。國王希望她不再孤單，可以交到知心的朋友，特意為她介紹幾位別國的王子，卻都遭她嫌棄。為了改變姿姿公主愛說負面話的性格，聰明的國王運用了很多褒義詞來讚賞王子們，令公主反省過來。

　　最後要介紹的，是國王最小的女兒——妮妮公主。她自小被王后溺愛，嬌生慣養，別人一句簡單的話，一個無心的動作，都可以觸動她的情緒，令她大吵大鬧，大家都拿她沒辦法。幸好，王宮裏有一個聰明的僕人阿玲，她善用語意不褒不貶的中性詞，讓公主能夠接受意見。而且，她還會運用「貶詞褒用」的方法，平息公主的怒氣。

認識 詞語 的感情色彩

重現朝氣的色彩村

色彩村一向是詞語國中繁華的村莊，那裏風景優美，村民安居樂業，是理想的居住地。可是，近來卻出現了前所未見的「移居潮」，很多市民紛紛搬到其他村莊居住。以往繁榮熱鬧的街道變得寂寥①冷清，到處都是荒廢的農田和棄置的房屋。國王得悉後，感到很奇怪，決定派大王子阿仁親自到色彩村一趟，找出原因，並把事情處理妥當。

釋詞 ① 寂寥：形容寂靜冷清。中性詞

詞語的感情色彩

褒義詞

貶義詞

中性詞及句子語境

翌日，王子阿仁一早出發，很快便來到色彩村的正門。他看到掛滿了紅燈籠的牌坊，不禁回想起以前在色彩村的愉快時光。幾年前，國王安排王子到不同的村莊巡視，希望他能了解各村的風土人情，日後當個有賢德的國王，所以王子曾在這裏住過幾天。在眾多的村莊中，令他最喜歡、留下最深刻印象的，就是色彩村了。那時，村裏人丁興旺，到處熱熱鬧鬧；每逢佳節，鑼鼓喧天①，人人歡天喜地；市集早晚也是門庭若市②，家家戶戶豐衣足食；村民生活輕鬆自由，互助互愛，每天笑臉迎人。

大王子剛到，穿得整整齊齊的嚴村長便來到村口迎接。他看到王子親臨，便恭恭敬

釋詞　　① 鑼鼓喧天：形容氣氛熱鬧非凡。褒義詞
　　　　　　② 門庭若市：形容熱鬧、人多。褒義詞

敬地敬禮，並邀請王子跟大臣們到工作室就坐，然後向他們匯報色彩村的近況。嚴村長很有威嚴，不苟言笑，做事循規蹈矩①，兩年前由國王親自委任，成為色彩村的村長。嚴村長正襟危坐，嚴肅地說着：「自從國王委派我來到色彩村工作，我每天都用心地把村務整頓治理，這些年來，幾乎沒有人敢犯罪，治安可說是全國最好的。我敢誇口說，即使王子您在路上丟了錢包，也沒有人敢拾遺不報！」阿仁王子看得出嚴村長為人正直，也用心治理，並非徇私枉法的人，理應是個好村長。於是便他打算留在村裏住上兩天，巡視一下環境，並了解村民的生活，徹底找出問題的根源。

釋詞　① 循規蹈矩：遵守規矩。中性詞

　　王子不想暴露身分，便喬裝成普通的村民走進村裏，自稱為「小仁」。剛好，前面站着一個老農夫，他眉頭緊皺地坐在屋外乘涼。他一看到王子的陌生面孔，便上前問道：「年青人，你是新搬來的嗎？」王子說：「是啊！我叫小仁，知道色彩村繁榮昌盛，特意搬來找工作的。」老農夫聽後，左顧右盼，低聲說道：「你還以為是幾年前安居樂業的色彩村嗎？還是快搬出去吧！」王子覺得很奇怪，便跟老農夫傾談了一個下午。原來，老農夫一家住在色彩村三十多年，三代同堂，生活樂也融融。自從嚴村長到來，村裏的生活有了很大的變化，他的兒子和媳婦忍受不住那嚴苛的環境和沒有尊嚴的生活，跟孫子搬到別村去了，現在只剩下他和妻子二人留在

色彩村，孤獨地生活着。

老農夫説：「以前的色彩村真的很繁榮，可能部分村民長期處於安逸的生活中，失去人生目標，有時會四處鬧事，影響了一點秩序，但生活還是從容閒適，無所牽掛。後來，國王親自委派嚴村長來改善治安，一切就開始改變了。村裏的氣氛變得很緊張，村民也日漸消沉[1]。村長重視法紀，卻對村民的心靈漠不關心啊！」

王子假裝想熟悉一下村裏的環境，便請求老農夫帶着他四處參觀。他們來到市集，老農夫指着石柱，説：「小仁，你看看！這條石柱是色彩村的地標，上面寫的是村長給我們的生活規條，還命令所有村民都

釋詞　① 消沉：心志衰頹不振。貶義詞

要好好記住。」

　　王子走近一看，上面寫着：生活不可奢侈、虛榮；為人不可自私、蠻橫。王子看了這些帶有負面意義的字詞，心裏很不舒服。

　　老農夫又帶着王子在市集走了一圈，市集到處貼滿了警告的標語，「反貪心」、「禁

止欺騙」、「不准懶惰」等，路過的村民都是低着頭，目無表情、精神恍惚的。看着那些字句，王子的心不知不覺間沉重、難受起來。他大概明白了村民的問題所在，可他還是決定再觀察一下。王子阿仁和老農夫繼續向前走。

17

　　這時，一個巡邏士兵剛好走過，一手把一個亂拋垃圾的人抓住了，那人正想解釋，士兵便嚴厲地說：「破壞環境，損人利己[①]，真是無恥之徒！罪不容赦！」那人羞愧得低下頭來，不敢再說話了。路人怕連累被罵，都袖手旁觀，不敢走近。老農夫搖搖頭，低聲對王子說：「亂拋垃圾是不對，用不着被人侮辱啊！何不教育一下，給村民一點尊重啊！」王子心裏很難過，他知道這是村長的指示，目的是要用高壓嚴苛的手法來管治村民，卻令大家都失去尊嚴、飽受壓力。

　　經過兩天的觀察，王子阿仁明白了色彩村的問題所在，心想：生活在嚴刑峻法下，

釋詞　　① 損人利己：使別人蒙受損失而讓自己獲利。貶義詞

村裏一片愁雲慘霧，難怪村民都紛紛搬走，留下來的人，都只好逆來順受，整天愁眉不展。

王子雖然只住上了兩天，卻已經被那些帶有貶斥、否定的字句壓迫得喘不過氣來，巴不得要馬上回到王宮去。可是，他不忍心讓村民生活在壓力和痛苦的環境下，決定要留下來好好教育嚴村長，提醒他要維護法紀的同時，更要照顧市民內心的需要。他命令撕下村裏所有斥罵字句的橫布條，指示巡邏士兵不可說出貶斥村民的話，學習少斥罵，多鼓勵和讚賞。經過一段時間，村民都變得友善、有自信，村裏的氣氛得到了改善，王子的任務也完成了。

離開色彩村前，王子親手塗去石柱上「生活不可奢侈、虛榮；為人不可自私、蠻

詞語的感情色彩

變義詞

貶義詞

中性詞及句子語境

為人要無私、謙遜。
生活要踏實、樸素；

橫。」的生活規條，改為「生活要踏實、樸素；為人要無私、謙遜。」從此，色彩村很快又回復以前的繁榮，移居了的村民逐漸回來居住，與家人團聚，快快樂樂地生活。

詞語的感情色彩

褒義詞

貶義詞

中性詞及句子語境

褒貶詞小教室

認識詞語的感情色彩

　　詞語可以表示客觀存在的事物或現象，還可以表達人們對客觀事物的主觀感受、態度和愛憎程度。根據《現代漢語》，感情色彩指詞義所附帶的表示褒貶感度的色彩。一般來說，詞語的感情色彩可以分為**褒義**、**貶義**和**中性**三種。

褒義詞　　貶義詞　　中性詞

在故事中，大王子阿仁和村民的經歷讓我們知道：運用感情色彩不同的詞語，會令人有不同的感覺。

例如：**褒義詞**會讓人心情舒暢，覺得受到肯定；**貶義詞**則令人沮喪，覺得遭受打擊和否定。

學習詞語的感情色彩，能令讀者在閱讀時更好地理解文句表達的情意。讓我們一起來先看看什麼是**褒義詞**和**貶義詞**吧！

什麼是褒義詞？

褒義詞有正面意義，帶有讚賞、喜愛、尊敬、讚揚等肯定的感情色彩。

你們記得大王子對色彩村的舊有印象嗎？

> 村裏人丁興旺，到處熱熱鬧鬧；每逢佳節，鑼鼓喧天，人人歡天喜地；市集早晚也是門庭若市，家家戶戶豐衣足食；村民生活輕鬆自由，互助互愛，每天笑臉迎人。

「人丁興旺」、「鑼鼓喧天」、「門庭若市」、「豐衣足食」、「輕鬆自由」、「互助互愛」、「笑臉迎人」都是**褒義詞**，它們令人有一種喜悅的感覺。難怪色彩村能夠成為王子心中最喜歡，留下最深刻印象的村莊了。

後來，王子命人撕下村裏所有斥罵字句的橫布條，指示巡邏士兵不可說出貶斥村民的話，學習少斥罵，多鼓勵和讚賞，讓村民都變得友善和自信。此外，他又把

含貶義的生活規條，改為「生活要踏實、樸素；為人要無私、謙遜。」

「踏實」、「樸素」、「無私」、「謙遜」都是**褒義詞**，難怪村裏的氣氛得到了改善，能夠回復以前的繁榮了。

什麼是貶義詞？

貶義詞有負面意義，帶貶斥、鄙視、批評和責備的感情色彩。

色彩村的嚴村長過分嚴格，以高壓、嚴苛的手段來管治村民。市集裏到處貼滿了寫着貶義詞的警告字句，人們飽受壓力，生活痛苦。大王子阿仁看到石柱上寫着的生活規條，心裏很不舒服。他聽到士兵嚴厲地斥罵一個亂拋垃圾的市民，心裏也很難過。

> 老農夫又帶着王子在市集走了一圈，市集到處貼滿了警告的標語，「反貪心」、「禁欺騙」、「不准懶惰」等，路過的村民都是低着頭，目無表情、精神恍惚的。
>
> 王子走近一看，石柱上面寫着：生活不可奢侈、虛榮；為人不可自私、蠻橫。
>
> 士兵嚴厲地說：「破壞環境，損人利己，真是無恥之徒！罪不容赦！」

「貪心」、「欺騙」、「懶惰」、「奢侈」、「虛榮」、「自私」、「蠻橫」、「破壞」、「損人利己」、「無恥之徒」、「罪不容赦」都是**貶義詞**，它們的確會令人心情沉重和難受。難怪村民大都面無表情、精神恍惚，整天愁眉不展。

詞語的感情色彩反映了人們對事情的愛憎感情和褒貶評價。準確地使用帶感情色彩的詞語，可以把我們的思想感情鮮明地表達出來。

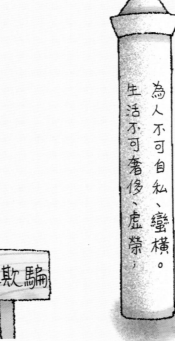

27

褒貶詞練習

辨識詞語：請分辨以下詞語屬於褒義詞還是貶義詞。你可以參考提示欄的詞語解釋，然後在正確的位置加上 ✓。

	褒義詞	貶義詞	提示
例子 1. 懶惰		✓	怠懈、不勤奮工作
2. 豐衣足食			形容生活富裕
3. 蠻橫			不講道理
4. 大名鼎鼎			形容人的名氣和聲望大
5. 踏實			切實認真去做事
6. 團結			聚集結合眾人的力量

	褒義詞	貶義詞	提示
7. 愉快			欣悅、快樂
8. 漂亮			好看、精彩
9. 繁華			形容城鎮、街市等富麗而熱鬧的樣子
10. 責罵			指責斥罵
11. 諷刺			以隱微的方式嘲諷譏刺
12. 滿意			符合心意

善用 褒義詞

吹毛求疵的姿姿公主

姿姿公主長得亭亭玉立，有傾國傾城的美貌，可是她對人求全責備①，性格也很傲慢，國家裏的大臣和達官貴人都不敢靠近她，所以朋友不多。在王宮裏，僕人們都對她敬而遠之，王宮裏的人笑言：「公主橫挑鼻子豎挑眼。」說她百般挑剔，難服侍。在一個月裏，已經有兩個服侍公主的僕人——阿聰和阿晴忍受不了而辭工了。

釋詞 ① 求全責備：指對人或事要求完美。貶義詞

僕人阿聰一向工作勤奮，做事謹慎，唯獨有一次，因為天雨濕滑，他失足而把公主的午餐弄掉在地上，被公主罵得狗血淋頭，說他笨拙、衝動、粗心大意，阿聰嚇得連忙道歉，並想向公主解釋一番，可是話未說完，就被公主大聲喝罵說：「你這個愚蠢的傢伙，別再裝模作樣、砌詞狡辯、推卸責任……」可憐的阿聰只好低頭沉默，心裏非常難受，最後跟國王辭工回鄉去了。

　　而另外一個僕人阿晴更是無辜。前幾天，公主突然捧來一大堆衣服，吩咐她在兩天內修改好，由於時間緊迫，她不敢鬆懈。為了完成工作，連夜趕工，忙得喘不過氣來，連自己的頭髮都沒時間整理。公主看到她後，不但沒有讚賞她辛勤工作，反而很不滿意地說：「你身為本公主的僕人，竟然不

顧外表，讓我看到你披頭散髮的樣子，真令我丟面子。」阿晴心裏很不忿，卻是敢怒不敢言。她不想再為這個冷漠無情，只懂批評別人的公主效力，於是連夜辭工走了。

詞語國國王很清楚公主的脾氣，他對王后說：「我們家的公主對人要求太高了，說得好聽是力求完美，實情就是吹毛求疵①，問誰喜歡跟她做朋友呢？還是儘快為她舉辦一場聯誼會，邀請別國的王子來參加，好讓公主與他們多了解一下，交個朋友。」

國王舉辦聯誼會的目的不是要找文武雙全的人，他只希望公主能夠找到志同道合的朋友，學會與人相處。聯誼會的消息傳開後，便有幾個王子報名參加，國王請公主跟各王子單獨相處一天，互相了解。

- -

釋詞　① 吹毛求疵：比喻刻意挑剔過失或缺點。貶義詞

詞語的感情色彩

褒義詞

貶義詞

中性詞及句子語境

第一個參加者是句子國的包包王子，大家都說他品性善良，為人單純老實，是個不錯的對象。可是他一進來，便令公主大吃一驚。雖說他身分尊貴，卻沒有一身華冠麗服。汗流浹背的包包王子說：「昨晚，我跟從父王巡視基建項目後，便連夜趕路來到詞語國，望公主不要介意。」說罷，他拍拍衣服上的灰塵，整了整頭上歪歪斜斜的帽子。姿姿公主見他蓬頭垢面，鞋上更沾滿了泥土，看起來很邋遢①，不禁露出嫌棄的眼神。他跟公主交談了半天，又要趕着回國處理國家事務了。

在包包王子的對比下，第二個參加者——修辭國的晉晉王子的外表就顯得尊貴多了。他的服飾光鮮亮麗，不但用料上乘，

釋詞　① 邋遢：不整潔。貶義詞

詞語的感情色彩

褒義詞

貶義詞

中性詞及句子語境

而且裁剪精細，十分好看。平日諸多挑剔的姿姿公主對晉晉王子的外表甚感滿意，心想：王子搭配得體、品味時尚，簡直是完美無瑕！之後，姿姿公主打算帶晉晉王子在王宮裏四處走走，便問他想到哪裏去。王子先提議到魚池去看看，怎料走了一半路卻說：「昨天才剛下過雨，天雨路滑，令公主掉進魚池就不好了，改去花園吧！」快到花園的時候，公主突然打了個噴嚏，他想了想便說：「天氣那麼冷，為免着涼，不如我們改到書房去看看國王的字畫吧！」沿途，王子不停地問公主冷不冷，餓不餓，要不要吩咐僕人多拿一件外套……

來到了書房門口，公主已經很不耐煩，露出一副倦容，王子擔心公主又累又餓，便說：「時間不早了，我們先吃午餐再回來看

吧！」就是這樣，他們折騰了大半天，公主感到疲憊不堪，心裏很不滿意。

第三個參加者是閱讀國的希特小王子，他的打扮雖然不算華麗，但也衣冠楚楚[①]的，看起來一表人才，文質彬彬。這次，他提議跟公主到王宮外逛逛，參觀一下詞語國的街道。小王子和公主來到一條繁華的商業街，那裏有不同種類的店舖，十分熱鬧。他們走進一家賣首飾的店，公主正沉醉於欣賞各式各樣的珠寶，還試戴了一條名貴的珍珠手鏈。

這時，小王子走近看了看，說：「這條手鏈真好看，不過太名貴了，身為王室成員不應該浪費！」然後，他們又到了附近一間

釋詞　　① 衣冠楚楚：形容服飾整齊鮮麗。褒義詞

餐廳吃午飯，小王子負責點菜。過了一會兒，侍應把飯菜都捧來了——一碟青菜、一尾小魚，還有兩碗白飯。平日嬌生慣養的公主看着那些清茶淡飯，胃口全沒有了，只是吃了一兩口就不吃了。小王子擔心公主會肚子餓，更不想浪費食物，所以他把吃剩的食物打包帶走，說要讓公主一會兒再吃。

　　三位王子回國後，國王便馬上召見公主，了解一下她的想法。公主果然給各王子都寫下了負面的評價，國王看到後很不高興，因為她總是挑剔別人的缺點和短處，而抹煞①優點和長處。

　　公主說：「包包王子只顧工作，待不夠半天就回國了，看來他不太重視我們的約會，不守承諾；此外，他巡視基建項目後連

釋詞　① 抹煞：絲毫不顧。貶義詞

38

夜趕路，弄得滿身灰塵，滿腳泥土，衣衫不整，連帽子都歪歪斜斜的，可見他為人不修邊幅①。」

國王聽了後，卻有不同的看法，說：「我認為包包王子勤於政務、日理萬機，雖然工作繁忙，仍然趕來出席聚會，果然言而有信。他貴為王子，仍能穿着樸素，不拘小節，真是難得！」

公主聽到國王的話，不禁點頭同意，似乎她對包包王子有了一番新的看法。

接着，他們要討論晉晉王子了，公主一臉不滿意地說：「晉晉王子雖然衣着講究，卻是個三心兩意、猶豫不定的人，害我折騰了大半天。單是在王宮裏選個地方遊覽，他都拿不定主意，想去魚池，又怕路滑；想去

釋詞 ① 不修邊幅：不注意衣飾、儀容的打扮。貶義詞

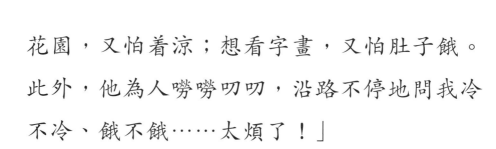

花園，又怕着涼；想看字畫，又怕肚子餓。此外，他為人嘮嘮叨叨，沿路不停地問我冷不冷、餓不餓……太煩了！」

國王搖搖頭，很不同意公主的説法，激動地説：「晉晉王子不是猶豫不決，而是小心謹慎；不是嘮嘮叨叨，而是體貼入微。他怕你冷，怕你餓，怕你累才會改變主意，還對你噓寒問暖，那不就是一個處處為他人考

慮的人嗎？」

公主又再點點頭，說：「說的也是，父王對晉晉王子的評價聽起來很有道理。不過那個希特小王子真是過份！他是個口無遮攔的人！」公主扁着嘴繼續說：「我只想買一條手鏈，他竟然教訓我，說那手鏈太名貴，提醒我身為王室成員不應該浪費！此外，他帶我到外面的餐廳吃飯，點了幾個不上檔次

的菜還不夠，還要把剩下的打包帶回去，真吝嗇①！」

聽了公主的話，國王語重心長地說：「我非常同意希特小王子的話，你還記得我在你小時候就教育你不要浪費嗎？希特小王子不是在教訓你，只是坦率直白地教導你；他更不是吝嗇，只是節儉而已，這些都是我們王室人員應該有的態度，值得你學習。」

國王對各王子的讚美，猶如當頭棒喝，令公主反省過來。她明白自己吹毛求疵、愛挑剔的性格總是令她忽視了別人的優點。因此，公主決定請國王再次邀請各王子前來詞語國，讓她重新了解他們。

釋詞　① 吝嗇：小氣。貶義詞

褒貶詞小教室

故事中的褒義詞

　　褒義詞有正面意義，帶有讚賞、喜愛、尊敬、讚揚等肯定的感情色彩。姿姿公主為人挑剔，常常忽視別人的優點，所以她甚少稱讚僕人，即使僕人們過往表現出色，她卻不會運用「勤奮」和「謹慎」等褒義詞來讚賞僕人。

> **勤奮：**勤勞奮發而不懈怠。
> **謹慎：**仔細慎重。

　　如果姿姿公主能夠多運用褒義詞來稱讚阿聰和阿晴，相信他們就會感到受尊重和受肯定，不會因為感到被貶斥和鄙視而決定辭工了。

國王不喜歡姿姿公主對人求全責，設法讓她改善吹毛求疵、愛挑剔的性格，學習多欣賞別人的優點，不要總是說出負面的貶義詞。因此，國王評價各王子時，特意運用了很多**褒義詞**，例如「勤於政務」、「日理萬機」，目的是褒獎和讚揚王子們，並讓公主反省過來。

勤於政務：對國家大事比較認真、勤勞。
日理萬機：形容工作勤奮至極。

這些褒義詞都是國王用來稱讚包包王子，並給予他的肯定。

假如你是王子，你喜歡聽到國王還是姿姿公主的評論呢？聽到他們的話後，你會有甚麼感覺呢？請想一想。

故事中的貶義詞

我們都知道**貶義詞**有負面意義，帶貶斥、鄙視、批評和責備的感情色彩。姿姿對人百般挑剔，王宮裏的人都知道她難服侍，對她敬而遠之。她平日跟僕人相處時，經常使用貶義詞，目的是用來責罵和教訓他人。

在故事中，僕人阿聰因不小心把公主的午餐掉在地上，被罵得狗血淋頭，還被公主批評「笨拙」、「衝動」、「粗心大意」。

> **笨拙：**反應遲鈍、不靈巧。
>
> **衝動：**因情緒激動而出現末經理性思考的行為或心理活動。
>
> **粗心大意：**做事草率，不細心。

以上的詞語都是**貶義詞**，公主用它們來批評阿聰做事不小心。同樣，「狗血淋頭」也是貶義詞，比喻被斥罵得很厲害。可憐的阿聰想解釋一番，卻再被公主斥罵「愚蠢」、「裝模作樣」、「砌詞狡辯」、「推卸責任」。

愚蠢：缺乏智慧，缺乏理解能力。
裝模作樣：故意做作，假裝出某種態度、樣子。
砌詞狡辯：拼湊或編造不切實際的言語。
推卸責任：推托逃避，不肯承擔。

　　以上的詞語都是**貶義詞**，公主再次用貶義詞來責備阿聰，是批評他不承認過錯，還在找藉口。受到公主那麼嚴厲的指責，怪不得阿聰會如此難受。

　　公主對人百般挑剔的性格令她忽視了別人的優點，無法運用褒義詞去讚賞僕人，例如工作勤奮和做事謹慎等。

褒貶詞練習

一、國王和公主都對各王子作出了評價,你能把那些詞語找出來嗎?請把英文字母填在橫線上。

a. 不守承諾　　　b. 不修邊幅　　　c. 體貼入微

d. 口無遮攔　　　e. 言而有信　　　f. 不拘小節

g. 吝嗇　　　　　h. 小心謹慎　　　i. 嘮嘮叨叨

j. 坦率直白　　　k. 三心兩意　　　l. 節儉

例子　　包包王子

姿姿公主:____a、b____

國王:____e、f____

晉晉王子

姿姿公主：＿＿＿＿＿＿＿

國王：＿＿＿＿＿＿＿＿

希特小王子

姿姿公主：＿＿＿＿＿＿＿

國王：＿＿＿＿＿＿＿＿

想一想：

姿姿公主對王子的評價都是 ＿＿＿＿＿＿＿＿ ；

而國王對各王子的評價都是 ＿＿＿＿＿＿＿＿ 。

二、詞語運用： 根據句子的整體意思，選擇適當的詞語
　　填在橫線上。

> 嘮嘮叨叨　　噓寒問暖
> 口無遮攔　　坦率直白

例子 這個人整天 ＿嘮嘮叨叨＿ ，把話說完又說，難怪人
人都討厭她。

1. 美思第一次出門遠遊，媽媽每天致電她 ＿＿＿＿＿＿＿＿ 。

2. 阿明說話 ＿＿＿＿＿＿＿＿ ，總是不顧及別人的感受。

3. 好朋友之間要 ＿＿＿＿＿＿＿＿ ，提出善意的批評。

錯用 貶義詞

禍從口出的阿祖王子

　　寫作國國王為公主舉行一場盛大的生日宴會，邀請各國的王室成員參加，詞語國國王最愛湊熱鬧，他滿心歡喜的，打算帶着大王子阿仁一起出席。二王子阿祖得悉後十分嫉妒，便在宴會當天設詭計把大王子困在書房裏，然後向國王自薦，陪同出席宴會。國王因趕着出門，又找不到阿仁，只好答應由阿祖來代替。

　　二王子阿祖為人不太聰明，平日不用心學習，且急功近利，所以國王甚少帶他出門。知道阿祖不擅於交際應酬，國王特意在

出發前，再三叮囑他在宴會中要表現得開朗，敞開胸懷；要多主動與人交談，廣結朋友；切忌胡亂說話，得罪別人。

在宴會上，貴賓們都會到處寒喧。在舞台旁邊，坐着標點國國王，他看起來長胖了不少，手腕上的金鐲子緊得沒有留下半點空隙，他一面摸着大肚子，一面分享國家最近

詞語的感情色彩

褒義詞

貶義詞

中性詞及句子語境

的新建設。這時，詞語國國王特意前來，跟他握握手，打個招呼，說：「標點國發展得那麼好，難怪國王心廣體胖①。」接著，便給阿祖打了一個眼色，示意他開口說話。阿祖不知道該說些甚麼，聽到父王說他「心廣體胖」，只好跟着說：「標點國發展得那麼好，國王無所事事，難怪長得肥頭大耳！」標點國國王聽到阿祖那麼說，頓時面紅耳赤，「哼」了一聲就走開了。詞語國國王尷尬得說不出話來，呆呆地站在原地，回過神後，來不及教訓阿祖，便追上前去道歉。

王子阿祖看到父王走開了，仍不敢閒着，到處找人聊天。這時，阿祖看到愛吃的修辭國胖國王正在餐桌上，忙於吃美味的餐

釋詞 ① 心廣體胖：心胸開闊，沒有煩惱。褒義詞

前小食。他心想：跟胖國王傾談食物準是沒錯！王子阿祖平日對烹調很有心得，他便把色彩國特色美食的烹調方法娓娓道來，聽得胖國王垂涎三尺①，二人言談甚歡。這時，一個僕人打算把一個只剩下兩塊烤肉批的盤子端到廚房去丟掉，胖國王便迫不及待叫停了僕人，說：「這烤肉批只是放涼了，還能吃的。統統給我，不要浪費。」然後把它們全都放到盤子上，王子阿祖見狀，想稱讚胖國王不浪費的美德，便笑着說：「胖國王果然珍惜食物，真是貪小便宜！」胖國王聽到了，以為阿祖在嘲笑他，心裏很不高興，擦擦嘴角，不滿意地走開了。剩下王子阿祖獨個兒留在這裏，他當然不會明白為何自己的

釋詞　① 垂涎三尺：形容嘴饞。中性詞

一句話，會令大家不歡而散。

　　阿祖覺得標點國王和修辭國胖國王都非常奇怪，心想：自己好不容易才跟他們打開話匣子，沒說兩句，二人都怒氣沖沖地走開，看來跟人聯誼比打獵還要困難啊！阿祖心裏迷惑不解。這時，詞語國國王帶着句式國國王走來，向阿祖介紹道：「阿祖，他就是我經常跟你提及的好朋友——句式國國王。」句式國鄰近詞語國，兩國多年來友好邦交。詞語國國王拿着酒杯，呷了一口，說：「眾多國王當中，我最欣賞的就是句式國國王，不但英勇善戰，而且有勇有謀。」說罷，又向阿祖示意回應。阿祖想了想，說：「句式國國王聲名狼藉①！」這句話把詞語國國王

釋詞　　① 形聲名狼藉：名聲惡劣。貶義詞

嚇了一跳，幸好宴會廳剛奏起音樂，對方聽不清楚阿祖的話，不然，又會造成大誤會了。

句式國國王聽到別人的讚美，他不禁沾沾自喜[1]，然後又向大家講述他年輕時在戰場上的英勇事跡，他說：「即使我流著血、忍著痛，仍奮不顧身，追捕敵軍。」阿祖聽得十分投入，心裏也很佩服國王的英勇，便說：「全靠你當日粉身碎骨，句式國才有今天的下場。」聽到阿祖的話，句式國國王還不以為意，以為自己聽錯了。詞語國國王於是連忙岔開話題，說：「總之，有你的帶領，句式國一定會愈來愈出色！」說完，就借故要跟其他國王打招呼，想帶着句式國國王儘快離開，免得讓阿祖再亂說話。

釋詞 ① 沾沾自喜：自以為完美而得意。貶義詞

阿祖還未意識到自己闖了禍，為了讓自己在父王面前表現得開朗健談，便鼓起勇氣，追上前拉着句式國國王的手，大聲地跟說：「父王平日常常跟我提及您，還一直很妒忌您有一個富強的國家，有機會我希望可以到句式國探訪，見識一下您的技倆[①]。」這次，句式國國王清清楚楚地聽到阿祖的話，「妒忌」和「技倆」這兩個詞語深深地刺痛他的心，他面有難色地說：「看來，王子阿祖說出了真心話了。」詞語國國王正想解釋，宴會廳的樂隊便奏起樂曲，生日午宴開始了，貴賓們都紛紛就座，沒讓詞語國國王開口說話，句式國國王便馬上走開，回到自己的座位上。詞語國國王也只好帶着阿祖

釋詞 ① 技倆：不正當的手段。貶義詞

回到座位，等待主人家出場。

　　在舞台上，寫作國國王、王后和公主徐徐步出，公主一身紫色晚禮服，戴着一頂價值連城的鑽石冠冕，十分高貴。宴會上的人都喝采歡呼，紛紛上前讚美，句式國的大王子說：「公主真是明艷照人！」修辭國的小

王子說：「公主的打扮艷麗動人！」逗得公主眉開眼笑。王子阿祖也不甘示弱，擠到舞台的旁邊，想稱讚公主，他高聲地說：「公主真是妖艷過人！」公主漲紅了臉，氣得拂袖而去。這時，大家都看得目瞪口呆，會場上的氣氛尷尬得彷彿連空氣都靜止了。

詞語國國王嚇得呆若木雞，說不出一句話來，不知如何是好。看到大家的表情，王子阿祖知道自己闖了禍，連忙低下頭，對詞語國國王說：「父王，我知道我犯錯了，但我日後一定會變本加厲，做得更好的。」

褒貶詞小教室

錯用貶義詞？

在寫作國國王的生日宴會中，阿祖王子的表現讓我們明白了正確運用褒貶詞的重要。他本想與各國王室成員交朋結友，用**褒義詞**來表達讚美和尊敬。可是，不擅交際的他卻錯用了**貶義詞**，表達了負面的意思，大家都被他的話傷害了，感覺被貶斥和鄙視，最終不歡而散。阿祖王子的所作所為，令詞語國國王生氣極了！

有些詞語詞義相近，感情色彩卻截然不同。錯用一個帶有主觀感情色彩的詞語，足以影響整句話的意思。如把褒義詞誤用在貶義語境中，或把貶義詞誤用在褒義語境中，都會造成句子意思含糊不清。讓我們來看看故事中的阿祖王子錯用了那些詞語？鬧出了什麼誤會？

詞語國國王說：「標點國發展得那麼好，難怪國王心廣體胖。」王子阿祖於是跟着說：「標點國發展得那麼好，國王無所事事，難怪長得肥頭大耳！」

詞語國國王讚賞標點國國王「心廣體胖」，王子阿祖卻說他「無所事事」，「肥頭大耳」。究竟他們用的詞語有什麼分別？

心廣體胖？

肥頭大耳？

無所事事？

心廣體胖：比喻心胸開闊，沒有煩惱，體貌舒泰。
　　　　　（褒義詞）
無所事事：不務正業，遊手好閒的樣子。（貶義詞）
肥頭大耳：形容體態肥胖壯碩。（貶義詞）

詞語的感情色彩

褒義詞

貶義詞

中性詞及句子語境

61

詞語國國王和阿祖王子原本都是想說標點國國王治理國家出色，國泰民安；國王生活無憂，心裏快樂，身心安詳舒泰，身體也肥胖起來，是正面而有讚美的意思。可是，阿祖王子錯用了「無所事事」來表達國王生活閒散；「肥頭大耳」來表達國王身體肥胖。這樣就把話變成了貶義，帶有批評的意思，標點國國王感到被人取笑、諷刺。

讓我們再看一個例子：

> 阿祖還未意識到自己闖了禍，為了讓自己在父王面前表現得開朗健談，便鼓起勇氣，追上前拉着句式國國王的手，大聲地跟說：「父王平日常常跟我提及您，還一直很妒忌您有一個富強的國家，有機會我希望可以到句式國探訪，見識一下您的技倆。」

阿祖王子當然是想讚美句式國國王，可是卻在褒義的語境中錯用了很多貶義詞，令人聽了引起誤會。

首先，他想說詞語國國王很欣賞句式國國王有一個富強的國家，卻把含褒義的「欣賞」誤說成了含貶義的「妒忌」。

欣賞：看見別人有某種長處、好處或有利條件而希望自己也有。

妒忌：憎恨他人勝過自己。

　　說話中錯用了「妒忌」，讓人以為他有憎恨之意。

　　另外，阿祖王子表示想見識一下句式國國王的治國「技巧」，卻說成了含貶義的「技倆」。

技巧：精巧的技能。

技倆：通常是用來形容壞人的做事手法，指不正當的手段。

　　「欣賞」對「妒忌」；「技巧」對「技倆」，它們是兩對意思相近的詞語，卻有着不一樣的感情色彩，別人聽了有着天壤之別的感受。如果阿祖王子能小心用詞，對句式國國王說：「父王平日常常跟我提及您，還一直很欣賞您有一個富強的國家，有機會我希望可以到句式國探訪，見識一下您的治理技巧。」這樣，結局就會不一樣了。

　　看過那些詞語的意思，相信你們都知道了為什麼王子阿祖會把標點國國王氣得說不出話來了。大家要記住有些詞語詞義相近，卻有不同的感情色彩，所以運用時要格外小心，以免有誤會。

褒貶詞練習

一. 找出貶義詞，你能在王子阿祖的話中找出貶義詞嗎？你能用褒義詞或中性詞來取代句子中的貶義詞嗎？

例子 「胖國王果然珍惜食物，真是貪小便宜！」

貶義詞：__貪小便宜__ 褒義詞 / 中性詞：__精打細算__

1. 「父王平日常常跟我提及您，還一直很妒忌您有一個富強的國家，有機會我希望可以到句式國探訪，見識一下您的技倆。」

貶義詞：_____ 、 _____

褒義詞 / 中性詞：_____ 、 _____

2. 「父王，我知道我犯錯了，但我日後一定會變本加厲，做得更好的。」

貶義詞：_____ 褒義詞 / 中性詞：_____

二、詞語運用：請選擇適當的詞語填在橫線上。你可以先了解詞語的褒貶，再決定運用哪一個詞語。

例子 他在工作上奮鬥多年，現在終於有了一番 成果 。

(成果 / 後果)

1. 做事要有 _____，要相信自己的能力，堅持不懈。

(自信 / 自我)

神奇的 中性詞及句子語境

能說會道的僕人阿玲

　　妮妮公主是國王最小的女兒，自小嬌生慣養，尤其被王后的溺愛，凡事都遷就她。她長大後，變得心胸狹窄，又愛與人比較，王宮裏的僕人誰也不敢招惹她，連國王和王后都拿她沒辦法。有時，別人一句簡單的話，一個無心的動作，都可以觸動她的情緒，令她大吵大鬧。

　　記得有一次，不諳音樂的妮妮公主在花園裏練習唱歌，她看到兩個剛路過的僕人，便命令他們停下來聆聽，並給她意見。妮妮公主唱歌時五音不全，不堪入耳，僕人們難

65

受極了！妮妮公主高歌一曲後，便請其中一個僕人說出意見，那僕人支支吾吾[①]的，不敢說實話。

在公主再三追問下，才逼不得已說：「公主的歌聲繞樑三日[②]，很好！很好！」公主聽到後十分生氣，喝罵僕人不誠實，是個虛偽和阿諛奉承[③]的人。旁邊的另一個僕人看

到後，害怕極了，不敢不如實回應，只好說：「公主的歌聲真刺耳！」

怎料，公主不但沒有欣賞他的誠實，還說他不分尊卑，出言侮辱公主，命人把他關進牢獄幾天反省思過。而妮妮公主更因為此事生氣得幾天不肯吃飯，令王后很心痛。

在整個王宮裏，幾乎每一個僕人都被她責罵和處罰過，唯獨僕人阿玲最得她的歡心。阿玲很了解妮妮公主的性格，加上為人心思細密，說話小心，多年來，都能與公主融洽相處，也為僕人們解決了很多難題。

早前，國王為了訓練妮妮公主，特意給她安排了很多任務。有一次，國王得悉修辭

釋詞

① 支支吾吾：言語含糊不清。中性詞
② 繞樑三日：形容聲音動聽。褒義詞
③ 阿諛奉承：用好聽的話討好別人。貶義詞

國王和王后將到訪詞語國，便吩咐妮妮公主負責布置接待室，並學習招待貴賓，這次正是妮妮公主第一次負責重要的任務。可是，公主沒有相關的經驗，她以為接待賓客是一件普通的事，便掉以輕心，竟然只穿上一條淡黃色的裙子，並且隨意在接待室裏放了幾盆鮮花作為布置。僕人們一看，心知不妙，他們覺得公主的裙子的顏色單調乏味，看起來不夠華麗；而且接待室的布置更是非常簡陋。他們心想：如果讓公主穿着這條裙子接待客人，國王一定會怪罪下來。可是，他們汲取了上一次的教訓，不敢再實話實說了。僕人們都覺得左右為難，不知如何是好。幸好，這時阿玲剛好到來，僕人們請求她幫忙把想法告訴公主。阿玲想了想，便對公主說：「公主，你的裙子顏色單一，不夠突出，試

試穿一條顏色鮮艷的吧！另外，接待室的布置很樸實、簡單，可以多加一些裝飾呢！」公主聽了阿玲的話，不但沒有生氣，還願意接受意見，重新裝扮自己和布置接待室，僕人們鬆了一口氣的同時，也不得不佩服阿玲的說話技巧，她總能如實說出想法，但又不引起公主的反感。

最近，有人告訴王后，王宮外一個狡猾的商人錢太太經常藉故親近妮妮公主，藉著公主的名聲，到處招搖撞騙。錢太太很會討好公主，又經常給公主送上名貴的禮物，討公主的歡心。王后得悉此事後十分擔心，心想：一旦公主被人利用，做出犯法的事，後果不堪設想。她對阿玲說：「我要提醒公主不要與錢太太勾結，一旦國王以為她是幫凶，後果不堪設想啊！」阿玲心裏很同意王

后的説法，但是她知道，如果小心眼兒的公主一聽到「勾結」、「幫凶」、「後果」等貶義的字眼，一定會大發雷霆。阿玲跟王后説出自己的想法後，請她轉換一下字眼，免得觸動公主的神經。

王后再三思考後，決定參考阿玲的説法，好好跟公主談談，王后説：「妮妮，有人跟我説了錢太太的事，大家都知道她的為人，你還是不要跟她往來、合作，以免國王以為你是她的幫手，這樣結果很嚴重。」妮妮公主聽到王后的話後，不但沒有生氣，還答應王后會小心行事。

阿玲除了要好好照顧妮妮公主日常起居，還要避免她與人發生爭執。有一次，兩位公主在房間裏學習寫書法，妮妮公主寫得一手工整的字，老師看了，連忙稱讚説：「公

主的字鐵畫銀鈎，很好，很好。」下課後，妮妮公主沾沾自喜地拿着自己作品，說：「我隨便寫寫就得到老師的稱讚，太有天分了！」旁邊的姿姿公主心裏很不服氣，便故意走到她身旁，說：「驕傲！」說罷就離開了書房。

妮妮公主聽到「驕傲」這兩個字，生氣極了，正想跟着出去教訓她一番，卻被一個僕人阿洋攔住了。這時，妮妮更是生氣，高聲地說：「走開，你沒聽到她的話嗎？她說我驕傲！」僕人都嚇得不敢作聲，不敢靠近，僕人阿洋擔心萬一公主們爭執起來，又會被王后怪罪下來，便鼓起勇氣，上前說：「有，不過……可能……」

阿洋很想為姿姿公主辯解，平息這場紛爭，卻不知道怎樣說才好。幸好，聰明的阿

玲走了過來，説：「説得沒錯，妮妮公主真是『驕傲』，是我們所有人的『驕傲』啊！」聽到阿玲的話，妮妮公主心裏的氣全消了，不再糾纏在這件事上。

　　阿玲既聰明，又細心，有她照顧妮妮公主，國王和王后都十分放心。

褒貶詞小教室

認識中性詞

除了**褒義詞**和**貶義詞**，詞語的感情色彩還有**中性詞**。中性詞可以是名詞、動詞或形容詞，是指不帶感情色彩的詞語，既可用在好、也可用於壞的方面。

還記得在故事中，不諳音樂的妮妮公主在花園裏練習唱歌時的情景嗎？她明知自己唱歌不好聽，希望兩個僕人聆聽後，給予意見。結果，一個僕人說出「繞樑三日」（褒義詞），另一個說出「刺耳」（貶義詞），卻都引起公主的負面情緒。如果僕人們懂得運用中性詞來表達意見，結果或許會不一樣。

聰明的僕人阿玲會巧妙地使用**中性詞**，語意不褒不貶，讓公主能夠接受意見。例如，她請王后把「勾結」、「幫凶」、「後果」等貶義詞改為「合作」、「幫手」、「結果」等中性詞。

了解句子語境

褒義詞、**貶義詞**和**中性詞**在某種特定的語境中，它們的感情色彩不是一成不變的。要判斷句子或文章中的詞語感情色彩，一定要看整體的語境。在故事中，姿姿公主批評妮妮公主「驕傲」，有負面的意思，是貶義。但僕人阿玲卻說：「妮妮公主真是『驕傲』，是我們所有人的『驕傲』啊！」這裏的「驕傲」有正面的意思，成為了褒義。

另外，還有一種特殊的語言現象，稱為「褒貶互換」，分為「褒詞貶用」或「貶詞褒用」。

貶詞褒用

示例：我用孩子狡猾的眼光察覺，媽媽很愛我，不會真的懲罰我。

「狡猾」本是貶義詞，指具有欺騙性的、狡詐的。這句中卻貶詞褒用，用作聰明智慧的意思。

褒詞貶用

示例：比賽馬上開始了，我才發現自己來錯了場地，這下我可走運了。

「走運」原本是褒義詞，指幸運。這句中卻用來形容遇到了不好的事情，是褒詞貶用。

因此，運用詞語時要因應文句、因應情境，運用恰當，否則就會鬧出笑話。

褒貶詞練習

一、以詞語色彩考慮，以下哪些是中性詞？把它們圈起來。

結果	成果	溝通	勾結
教導	教唆	企圖	計劃
愛護	溺愛	沉迷	習慣
原因	藉口	包庇	保護

二、因應文句、情境，以下哪些是「褒貶互換」的句子？
　　請在括號中加 ✔。

例子 他只得到一個及格的分數就心滿意足，難怪人人都
　　　說他「知足常樂」。（ ✔ ）

1. 這個騙徒的技倆層出不窮，我們要小心防範。（ 　 ）

2. 校長是一個正直不阿的人，即使別人送來什麼名貴禮
　　物，都一一拒絕，這份固執令人敬佩。（ 　 ）

3. 老師悉心教導我們，真令人感動。（ 　 ）

綜合練習

一、請按詞義，分辨詞語的感情色彩。是褒義詞的，在括號內加 ✔；是貶義詞的，加 ✗；是中性詞的，加 ○。

例子 滿意（ ✔ ）　　懶散（ ✗ ）　感覺（ ○ ）

委屈（ 　 ）　　空想（ 　 ）　思考（ 　 ）

想像（ 　 ）　　自信（ 　 ）　理想（ 　 ）

勤奮（ 　 ）　　美麗（ 　 ）　傳染（ 　 ）

抄襲（ 　 ）　　包庇（ 　 ）　欣賞（ 　 ）

進步（ 　 ）　　虛度（ 　 ）　參加（ 　 ）

二、請按句子語境，選出適當的詞語，填在（　　）內。

結果　後果　成果

例子 老師已經多次提醒你要專心上課，你卻明知故犯，不理（ 後果 ），在課堂上偷看漫畫。

1. 上科學課時，我們把不同的實驗（　　　）記錄下來。
2. 這些農作物都是農夫辛勤耕種的（　　　）。

磨煉　訓練　折磨

3. 這隻流浪狗被人虐待，受盡（　　　），十分可憐。
4. 體操運動員接受專業的（　　　），才能做出高難度的動作。
5. 他經歷了多番（　　　），才有今天的成就。

果斷　武斷　決斷

6. 你沒有仔細調查就下結論，似乎太（　　　）了。

7. 事情的來龍去脈還不清楚，我們難以做（　　　）。

8. 他做事一向（　　　），從不會猶豫不決，錯失機會。

溺愛　愛護　疼愛

9. 她被父母過分（　　　），變得蠻不講理。

10. （　　　）公物，人人有責，大家要培養公德心啊！

11. 妹妹是我們家的「寶貝」，一家人都很（　　　）她。

三、請理解句意，圈出句子中使用不當的詞語，並選用帶有不同感情色彩的詞語，重寫句子。

例子　老師常常教唆我們，要孝順父母，兄友弟恭。

老師常常教導我們，要孝順父母，兄友弟恭。

1. 他為人詭計多端，常常想出不同的方法，為公司解決困難。

2. 這個部門雲集了不同的精英，真是一丘之貉！

3. 陳老師的生日快到了，同學們企圖給他舉行一個驚喜生日會。

答案

《重現朝氣的色彩村》（P.28-29）

褒義詞：豐衣足食、大名鼎鼎、踏實、團結、愉快、
　　　　漂亮、繁華、滿意
貶義詞：蠻橫、責罵、諷刺

《吹毛求疵的姿姿公主》（P.47-49）

一、晉晉王子：姿姿公主 k、i　　　國王 c、h
　　希特小王子：姿姿公主 d、g　　國王 j、l
　　想一想：貶義詞、貶義詞

二、1. 噓寒問暖　　2. 口無遮攔　　3. 坦率直白

《禍從口出的阿祖王子》（P.64）

一、1. 貶義詞：妒忌、技倆　　褒義詞：羨慕
　　　中性詞：技巧
　　2. 貶義詞：變本加厲　　褒義詞：再接再厲

二、1. 自信

《能說會道的僕人阿玲》 (P.76)

一、結果、溝通、教導、計劃、習慣、原因、保護

二、褒貶互換的句子是：1

綜合練習 (P.77-78)

一、褒義詞：自信、理想、勤奮、美麗、欣賞、進步
　　貶義詞：委屈、空想、抄襲、包庇、虛度
　　中性詞：思考、想像、傳染、參加

二、1. 結果　2. 成果　3. 折磨　4. 訓練
　　5. 磨練　6. 武斷　7. 決斷　8. 果斷
　　9. 溺愛　10. 愛護　11. 疼愛

三、 使用不當的詞語：詭計多端、一丘之貉、企圖

參考答案：

1. 他為人足智多謀，常常想出不同的方法，為公司解
　 決困難。
2. 這個部門雲集了不同的精英，真是人才濟濟！
3. 陳老師的生日快到了，同學們打算給他舉行一個驚
　 喜生日會。